衛斯理系列 少年版 33

紅月亮

作者：衛斯理

文字整理：耿啟文

繪畫：鄺志德

衛斯理
親自演繹衛斯理

老少咸宜的新作

　　寫了幾十年的小說，從來沒想過讀者的年齡層，直到出版社提出可以有少年版，才猛然省起，讀者年齡不同，對文字的理解和接受能力，也有所不同，確然可以將少年作特定對象而寫作。然本人年邁力衰，且不是所長，就由出版社籌劃。經蘇惠良老總精心處理，少年版面世。讀畢，大是嘆服，豈止少年，直頭老少咸宜，舊文新生，妙不可言，樂為之序。

倪匡　2018.10.11　香港

主要登場角色

巴圖

史萬探長

衛斯理

普娜

白衣人

保爾

第一章

聽說過「異種情報處理局」這個機關麼？

它的 **來頭不小**，是海、陸、空三軍聯合成立的，但當我來到這個「異種情報處理局」的門口時，卻幾乎笑了出來！

來頭這麼大的一個部門，原來只是一幢十分殘舊而且牆上長滿了 **青苔** 的石屋，銅招牌上面刻着：海陸空三軍總部直轄機構，異種情報處理局。

我知道有這樣一個名稱古怪的機構，全因為我在夏威夷認識了一個十分 **有趣** 的人，他叫巴圖，正是這個機構的副局長。

他的部門雖然人手少，辦公室簡陋，但經費相當充足，而且工作量不大，使他經常無所事事，周遊世界，十分 **逍遙自在** 😊。

　　巴圖來夏威夷，本來只打算住一個星期，但遇到了我，彼此十分**投契**，不知不覺就逗留了將近三個月，與我無所不談。

　　我和巴圖一見如故，全因為我倆有一個共通點，那就是：別人認為**荒謬**、不可能發生的怪異事情，我倆都不會妄下判斷。因為我們明白到，人類對這個世界的了解其實很有限。

　　而「異種情報處理局」所做的，正是這一類事情。

　　所謂「**異種情報**」，是指一些無法用科學或常理去解釋的怪異事件，而又可能對國家安全構成影響的，便交給「異種情報處理局」去處理。

　　舉例説，某處上空有**不明發光物體**飛過，目擊者向警方報告。警方沒有能力查出原因，便轉交空軍、天文氣象、太空總署等等的部門。如果連這些部門

都查不出什麼名堂來，那麼，這件事情便會移交「異種情報處理局」。

　　按理說，世上怪事 **林林總總**，「異種情報處理局」的工作應該十分繁忙。但巴圖卻搖着頭告訴我，其他部門總是不肯承認自己不懂，所以落入「異種情報處理局」的事情非常少。因此巴圖可以陪我在夏威夷的海灘上，撿拾各種各樣的貝殼和 **天南地北** 地閒談，一待就是三個月！

　　我們很快成為了知己，還約好以後有什麼稀奇古怪的事，必定互通消息，一起研究。

　　他比我先離開夏威夷，在他離開後一個月，我也準備回家之際，突然

收到他的短訊：「要看**紅月亮**●麼？速來我處。」

我不明白他的意思，便追問他，但他故作神秘，只叫我盡快去找他，到時再詳談。

收到他訊息的時候，正值夜晚，窗外皓月當空，月亮是**銀白色**的。

我不知道巴圖的葫蘆裏賣着什麼藥，但老實說，他如此着急叫我去找他，此事一定相當怪異和有趣，所以我毫不猶豫就答應了。

我第二天一早就坐飛機前往他那個部門的所在地，當我來到那幢破舊石屋時，若不是門前有着那樣一塊銅招牌的話，我一定以為找錯地方了。

我按下門鈴，揚聲道：「有人麼？」

裏面傳來巴圖的聲音：「你終於來了，快進來！」

門開了，我推門進去，是一條約六米

長的走廊，盡頭處的後門是開着的，一個穿着中尉軍服的年輕人正在用花灑澆花。

他用十分 奇怪 的眼光望着我，像是好奇為什麼會有人來這個不受注意的機關來。

走廊的兩旁各有兩扇門，也就是説，那石屋共有四個房間，我不知道巴圖在哪一個房間裏，於是大聲問：「巴圖，**你在哪裏？**」

其中一扇房門打開，一名紅髮女郎探出頭來，我向她點頭道：「你好，我找巴圖。」

她恍然大悟地說：「哦，你一定是他不斷提起的那個中國人。」

我還未回應，另一扇門已經「碰」地一聲打開，巴圖的聲音也傳了出來：「衛斯理，快進來！」

我向那位紅髮女子抱歉地笑了一下，便轉身走進巴圖的房間去。

看到了巴圖的辦公室，我不禁嘆了一口氣。老實說，最 **凌亂** 的雜物房，也比他的辦公室要整齊得多。

他這個房間約有二百平方呎，但可以活動的空間只怕不足三十平方呎，其他地方全給 **莫名其妙** 的舊報紙、紙箱、木箱和大大小小的各種雜物所堆滿了。

而房間的那張書桌上，更是雜亂無比，有許多在夏威夷海灘撿來的 **貝殼** ，被隨意堆放，散發出陣陣海水的腥味。

而在另一角落裏，則是幾盆醜陋的植物，連我也叫不出它們的名字，真懷疑那是不是屬於地球的物種。

在書桌的中央，有一堆雜亂的文件夾，而巴圖本人則穿着一件像是幾天沒洗的白襯衫，頭髮凌亂，鬍子長約半寸，真難相信他就是我在夏威夷的高級酒店中所遇見，那個衣著光鮮、風采過人的 **紳士** ！

我勉強走進了幾步，説：「你這裏簡直像個狗窩！」

巴圖苦笑着辯護：「誰説辦公室一定要 **井然有序** ？你要知道，我所處理的事情是異種情報，與眾不同！」

他見我沒什麼反應，便隨手拾起一個用報紙包着的東西來，裏面是一塊 **石頭** 。

他將石頭拋給我，「你看，這是一塊普通的石頭，是不是？但有兩個十二歲的男童，發誓説他們聽到這塊石頭裏發出一種奇怪的 **呻吟聲** ，所以這塊石頭便到了陸軍部門的手中，一個月後，實在查不出什麼，便轉到我這裏來了。」

我將耳朵貼向那塊石頭，沒聽到什麼聲音，便把石頭拋回給他，切入

正題：「好了，我不是為了石頭而來的，你説的紅月亮，到底是怎麼一回事？」

「別心急，朋友，坐下來再説！」

真難為他説「坐下來再説」，因為整個房間，除了他正坐着的那張椅子外，根本沒有別的地方可以讓我坐下。

巴圖**尷尬**地笑了笑，將椅子讓給我，他自己則坐在一大堆報紙上。

我們總算坐定了，我**迫不及待**地説：「好了，現在我們可以談談紅月亮的事了。」

「這些文件全是和紅月亮有關的，你稍後有興趣可以細讀。」巴圖指了指書桌上其中一堆文件，然後開始叙述

事件：「事情發生在 **西班牙** 南部，一個叫蒂卡隆的小鎮中。」

我不等他講下去，便忍不住說：「巴圖，你第一句話就十分不通。月亮只有一個，如果有一天月亮變成了紅色，那便是整個地球的事，怎能說事情發生在西班牙的一個 **小鎮** 上？」

巴圖向我笑了笑，「**別心急**，你聽我講下去便會明白。這個鎮上，大約有三千居民，是一個有着悠久文化歷史的地方。那一天，正確地說是八月二十四日，晚上十時二十七分左右，鎮上所有的人都被一個現象嚇呆了。他們看到，頭頂上的月亮，竟是 **鮮紅色** 的！」

第二章

幾千人看到紅月亮

「他們看到的月亮，紅到什麼程度？」我坐直了身子追問。

巴圖説：「報告書上記錄了許多目擊者👁👁的説法，其中一位作家形容得最生動，他説：『月亮突然成了紅色，泛着光芒，紅得使我們以為懸在天上的不是月亮，而是從人體跳出來的心❤！』」

　　這的確是一件十分**離奇**的事，千萬年來，月球反射出來的光芒，都是柔和的銀白色，怎麼會變成紅色呢？

　　而且，如果真的因為月球上有什麼**礦物質**起了變化，反射出紅色的光芒，那麼全世界的人應該也看到紅月亮，為何只有那個西班牙沿海小鎮的人看得見？

　　我立即問：「有多少人看到了紅色的月亮？」

　　巴圖翻着報告說：「有三千四百四十六人，是鎮上人數的百分之九十二，還有百分之八的人，當時早已睡了，或者因為其他原因，沒有看到月亮，也有部分是不懂說話的嬰孩。」

　　我又追問：「紅月亮的**現象**維持了多久？往後有沒有再出現過？」

「根據調查推算，大概歷時七分多鐘，因為目擊者實在太多，當中還有**信譽昭著**的學者，所以引起了很多組織的注意。自那件事情發生後，這個鎮的人口已經增加了四百多名，他們都是慕名而來，希望能一睹紅月亮的奇景，可是直到現在，這些人都未能如願。」

「那麼大家有什麼**結論**？」我問。

「有很多不同的説法，有人認為那只是集體的錯覺，有人則認為是**集體催眠**；也有人説，可能是一片鮮紅色的雲，剛好遮住了月亮，至於那片雲為什麼會是紅色的，卻還是解釋不了。」

我不耐煩地搖了搖手，「這樣的解釋，我也可以不假思索地提出好幾個來：可

能是一股  旋風 將紅土颳起，剛好吹到小鎮的上空

來，形成了一層紅色的屏障；也可以說，他們看到的根本

不是月亮，而是某些燈光經過種種巧合的折射和反射所造

成的 假象 。不過，這

些全都是猜想而已，不能

作定論。」

巴圖笑道：「你不要

忘記，如果有了 定論，

事情也不會推到我這裏來

了。」

我也笑了起來，問：「那麼你準備怎樣做？」

「這件事，我倆要親身去調查才行。」巴圖說得十分

認真。

「 我倆？」我呆了一呆。

巴圖笑着拍了拍我的肩頭，「你不會拒絕的。我已經向上級申請了極其 **充裕** $ 的經費，可以聘請臨時助手，遠赴優美的西班牙濱海小鎮，住進豪華的度假酒店，調查一兩個月也不成問題。」

聽到這裏我已經無法抗拒，「好，**一言為定**！」

巴圖得意地笑了起來，「那我們立即動身！」

但我想了一想，連忙搖頭道：「不行，你先去。我是從 **夏威夷** 直接來這裏的，已經有幾個月沒回家了，我必須先回家去見一見太太，然後再和你在西班牙會合。」

巴圖知道我和白素之間的感情，所以也不攔阻我，只說：「好，我們直接在那個小鎮上 **會合**，我將住在那鎮上唯一的酒店內，你到時來找我。」

當晚我就坐飛機回家，白素來機場接我，我兩像電視劇的男女主角 **久別重逢** 般，互相奔向對方，緊握住

手，深情凝望。

我陪伴了白素六天，才出發去西班牙那個小鎮，與巴圖會合。

巴圖當然早已到了那個小鎮，我很奇怪他這六天以來居然完全沒有 **催促** 我。

飛機在馬德里降落後，我一直發訊息給巴圖，但他沒有任何回應，而且電話也接不通。

我不管那麼多，租

23

了一輛汽車，依照地圖的指示，便向蒂卡隆駛去。

西班牙的風景極其迷人，使我心情愉快。

到了蒂卡隆鎮唯一的 酒店，我第一時間向櫃台詢問，得知巴圖是六天前入住酒店的，但當天他外出後，就再沒有回來。職員說，巴圖那天踏出酒店前，在櫃台留下了一封 信

給我。

我實在不明白他為什麼要留下信，而不直接發訊息告訴我，也許是他不想催促我，打擾我和白素相處的時光。

這家酒店的生意十分好，房間都住滿了，幸好巴圖出手 闊綽，他的雙人房間一訂就是一個月，而且早已

對酒店説，我隨時會來入住。

　　不過，酒店竟然遺失了巴圖留給我的那封信，酒店經理向我連聲道歉，説那封信明明鎖在保險箱之中，可是不知道什麼原因，三天前發現不見了。

　　明知道有這樣一封信，卻又看不到，使我十分着急和懊喪。而巴圖離開了酒店已有六天，未曾回來，事情顯然十分不尋常，在信中或許有交代，但如今這封信已經不見了！

　　我忍不住責問那經理，他慌張地鞠躬道歉：「真

是對不起！這件事，我們表示十二萬分的歉意。我們已經報警，警方也來查過好幾次了——啊，再巧也沒有，**史萬探長** 來了！」

　　經理將頭直探了出去，我轉身一看，見到一個穿着警官制服的大胖子，慢慢地走了進來。那位探長雖然在走路，可是臉上的神情，卻像一副熟睡的樣子。

　　我不禁嘆了一口氣，指望這樣的探長去找出巴圖的信

來，簡直是 浪費 時間 。

　　我於是又轉過頭來，對經理説：「罷了，信失了就算了，你派人帶我到房間去。」

　　「是！是！」經理連忙答應着，伸手招來一個侍役，幫我提了行李箱，由一架古老的電梯，將我送上三樓，來到三二六號房間前面。

　　我用經理給我的門卡開了門，走進去，那是一間十分美麗的 雙人房 ，一邊的落地長窗，通向陽台，可以看到許多美麗的小平房，風景如畫。

　　我給了小費，侍役退了出去後，我在房間裏轉了一圈，看到左面的那張單人牀上，有一條紅黑相間的 領帶 ，這條意大

利絲領帶，我一看就認出是巴圖的。

換言之，左面那張牀是他的，右面那張則是我的。

與其指望那個胖探長能查出些什麼，倒不如靠我自己去 🔍 偵查 更妥當。我於是仔細地檢查巴圖的東西，發現他的個人物品、間諜工具和秘密武器等等都十分完整，沒有缺少。

我看不到任何 **端倪**，便轉移調查的方向，從巴圖的社交媒體去尋找線索。

還好巴圖也有分享照片的習慣，我看到他最後發布的，是在海邊岩洞外所拍的一張照片，他只留下了簡單的一句：「探險去。」

> 巴圖
> 探險去。　　　　　　… ✕
>
> ∞ 48人　　　　　　13個回應
>
> 👍 讚好　　　　　○ 回應
>
> 查看更多回應

　　他這一則最後的動態，剛好是六天前發布的。這是唯一的 **線索** 了，我決定立刻到海邊那些岩洞去看看。

　　我在巴圖的工具箱中，挑了幾件適用的工具，帶在身邊，準備出發。

　　怎料我一打開房門，便發現一具 **龐然大物** 正站在門口，那不是別人，正是史萬探長！

第三章

神秘組織

「歡迎我來拜訪麼？」史萬探長一邊說，一邊大搖大擺地走了進來，還老實不客氣地坐在沙發上。

我冷冷地望了他一眼，說：「你喜歡在這裏坐，那就只管坐，我要出去了。」

「你不能出去。」他揚起了肥手，「**護照**，先生，我有權檢查。」

我冷冷地說：「噢，原來你有那麼大的**權力**。但是，

我懷疑你的地位是不是高到知道有這樣一種證件！」

我伸手入袋，將國際警方發給我的 **特殊證件** 取出來，在他面前揚了一揚。

獲得這種證件的人並不多，證件上有着七十幾個國家警察首長的親筆簽名，持有這種證件的人，可以在那七十幾個國家的境內，得到行動上的種種 **便利**。但是，只有職務相當高的警務人員，才知道有這種證件的存在。

胖子眨了眨眼睛，懶洋洋地說：「你拿着什麼？那不是護照！」

我收起了那份證件，冷笑道：「你認不出這份證件？那麼，去叫你的上司來，你的上司再認不出，去叫你上司的上司來！」

我以為這樣可以把他嚇倒，沒想到他仍然固執道：「護照，先生，如果你拒絕，我有權逮捕你！」

我急於去找巴圖，不想和這個大胖子再作無謂的糾纏，只好將護照取出來，交給他。

史萬探長慢條斯理地望了一眼，說：「嗯，

你叫衛斯理？」

我沒好氣道：「上面寫得很 ！」

他又看了一會，將我的護照合起來，卻不交還給我，而是放入他的口袋中，「你的護照，需要保管在警局中。」

「為什麼？」我怒問。

他 聳聳肩 ，「我認為有此必要。」

我實在忍無可忍，拳頭 已經揚了起來，但我看到這肥探長的神情，似乎是故意惹怒我，想我衝動出手，那麼他就有理由拘捕我了。

一想到這裏，我立時改變了主意，**忍氣吞聲** ，放下手來，「好吧，那麼，我什麼時候可以取回護照，探長先生？」

史萬的胖臉上，現出詫異的神色來，好像奇怪我怎麼能忍着不動手。他於是**變本加厲**說：「等我認為可以還給你的時候，自然會還給你。但在那之前，你必須每天到警局報到。」

他一再提出**蠻不講理**的要求，使我更確定他在

故意惹怒我。我偏不發火，笑道：「好啊，看來我不像是遊客，倒像一個**疑犯**了。」

胖傢伙臉色一沉，又說：「你每天報到的

時間，是早上七點鐘。」

「那正好，我習慣早起。」

胖傢伙暫時 ，只好站起來，連「再見」也不說，就轉身離去。

我卻親切地向他道別：「慢走。」

他走了之後，我幾乎可以肯定，我一踏出房間就會被人跟——蹤。

我於是利用巴圖的東西，化起裝來。

我用一種特殊的 藥水，使我的頭髮變得鬈曲，又用一隻極其精巧的鋼絲夾子，使我的眼睛看來變得大些，然後用軟膠加高鼻子，再將我的皮膚塗黑一點點，使我看來十足是一個西班牙俊男。

　　然後，我推開了浴室的窗，下面是一條十分冷僻的巷子，我輕而易舉地從窗口爬出去，順着**水管**而下，迅速着地。

　　這個小鎮的生活太悠閒了，如果我行色匆匆，很容易露出**破綻**。所以我放慢腳步，悠閒地走到街上去。

　　我的化裝很成功，使我完全融入了當地的人群中，沒有引起任何人的注意。

　　十五分鐘後，我來到了海邊，那是一個海灣，兩面全是**峭壁**。而在峭壁之上，我數了一數，共有七座古堡之多，都極其宏偉。

　　這時，海邊的風很大，海水湧岸，在漆黑的岩石上，滾動着白得耀眼的**浪花**。

　　我向兩旁的峭壁看去，看到峭壁之下有不少**岩洞**，岩洞和岩洞之間，看來是互通的。

巴圖最後的動態，就是六天前到那些岩洞去，之後便 **音信全無**。

我想了一想，決定先向左邊走去，一直來到了海灣的盡頭，開始攀上岩石。

峭壁上沒有路，但是凸出來的岩石可供我立足，使我背貼着峭壁，慢慢橫移，**挪動** 了約十八米之後，忽然聽到上方傳來西班牙語：「喂，你在幹什麼？」

我抬頭看去，在我上方約六米處，是一個 **凹槽**，恰好有一個中年人坐在裏面，我故作神秘地向他擠了擠眼，用西班牙語説：「我去會佳人。」

我還哼起一首著名的西班牙 **情歌** 來，加強説服力。可是我愈開口，愈露出破綻，那中年人質問：「你不是鎮上的人，你是誰？」

我也難以再 **裝下去** 了，沒好氣地説：「喂，好管

閒事的，你又是誰？」

那人「哈哈」地笑了起來，「你連我也不認識，肯定不是蒂卡隆鎮上的人。快聽我的 **命令**，回到海灘去，快！」

他在講到「快」字的時候，已抓起一支 **鳥槍**，對準了我。

我連忙揚起手來，「嗨！這是怎麼一回事？」

那人冷冷地説：「你回到海灘去，不然我就開槍。」

我大聲道：「為什麼？難道我不能到 **岩洞** 去麼？有人在那裏等我！」

那人笑了起來：「你能騙誰？那裏不會有人在等你的，快走！」

這裏愈是有人戒備，愈表示前面有着 **不可告人** 的事，我非去不可。

但對方有槍，情況對我很 **不利**，所以我揚起了手說：「好，好，我退回去就是。」

我一面說退回去，一面轉身。而就在我一轉身之際，手中已握住一柄特殊裝置，迅速射出一支帶有強烈 **麻醉藥** 的針，刺中了那傢伙的手腕。他手一鬆，那支鳥槍便跌了下來。

我伸手將鳥槍接住，而麻醉劑的藥力亦即時發作，估計他將會在那個凹槽中「睡」上至少六小時。

我剛準備將手中的鳥槍拋向大海時，鳥槍的槍柄上突然響起一把清脆的女人聲音：「三十四號，例行報告，作 **例行報告** 。」

我呆了一呆，乍聽以為鳥槍會說話，當然很快就意識到那是個 **內置通訊器** ，我盡量模仿凹槽裏那個人的聲音，含糊地說：「一切正常。」

　　我並不知道「例行報告」是什麼意思，也不知道該怎樣回應，姑且說一句「一切正常」試試看。

　　難得那邊發出了「嗯」的一聲，似乎表示滿意。而我也獲得了重要的線索：在如此平靜的一個小鎮中，竟然有着一個龐大的組織！中了麻醉針的那個人是「第三十四號」，就算他是最後一人，也說明了這個組織派出去瞭望監視的人數，至少也有三十四名之多！

　　那到底是一個什麼性質的組織呢？走私黨？假鈔集團？還是販毒組織？

第四章

這個秘密組織已被我無意中發現了，我應該怎麼辦？繼續偵查下去？要不要報警？還是完全置之不理？

然而**當務之急**，是盡快找到巴圖的下落，所以我將那支鳥槍拋進大海，然後繼續沿着峭壁慢慢地前行。這時我已握住自己的**武器**，那是一柄可以發射十八枚麻醉針的槍，剛才已用過一枚了，十分好用，發射時幾乎沒有聲音。

十分鐘後，我來到了第一個岩洞口，迅即跳了進去。

那岩洞相當深，但我無法再走進去，因為洞裏面全是

海水，海水從狹口中流進來，在裏面形成了一個十分大的

。

我看了片刻，肯定裏面沒有人，才退了出來，繼續前

進。沒多久，又到了第二個岩洞，我同樣小心翼翼地進

去查看，發現那個岩洞一樣是空的。

在接下來的三個小時，我走進了二十七個岩洞，已經遠離那小鎮至少十公里遠了。

岩洞多姿多彩，有的狹而深，有的廣而圓，有的掛滿了**鐘乳石**，有的黑得幾乎伸手不見五指。但是我的目的，不是尋幽探秘，而是來找人。

然而，除了一開始拿**鳥槍**攔阻我的那個人之外，我卻未曾見到其他人，更不用說巴圖了。

峭壁已漸漸變為平坦，前面又是一大片**沙灘**。我來到了沙灘上，只見沙粒又白又細，不少人在享受日光浴，而離海灘不遠處的公路邊上，停着幾輛相當名貴的汽車。

我還看到，在公路邊上，有兩家**小吃店**。這時我實在十分疲倦，需要休息一下，便向其中一家小吃店走去，推門而入。店內十分空，一個胖婦人滿臉笑容向我迎

了過來，口中 嘰嘰咕咕 ，也不知道她在講些什麼。

我坐下來，舒展了一下身子，那胖婦人説：「汽水，看你的樣子，就知道你需要 汽水 ！」

我累得不想説話，只是點了點頭，汽水就汽水好了。

她很快就將一瓶汽水拿來，放在我的面前，然後從我身邊走過，嘴裏還是 說個不停 ：「這款汽水是全世界最美味的，而在我們這裏賣的價格也是全世界最實惠的，如果你想吃點什麼的話……」

我心中暗嘆了一口氣，只想快快喝完汽水就走，怎料就在我拿起汽水的時候， 冷不防 那胖婦人突然向我的後頸重擊下去！

我只覺一陣 暈眩 ，勉力翻身過來之際，只見那胖婦人龐大的身形向旁邊閃了一閃，接着我的背後又捱了重重的一腳。

接連兩下重擊，終於使我眼前發黑，昏了過去。

當我 **蘇醒** 過來的時候，聽到陣陣流水聲，而且身體也彷彿正浸在水中。

我連忙睜開眼來，簡直不敢相信自己的眼睛，我看見自己的身體竟然浸在 **浴缸** 之中！

浴缸的水龍頭一直開着，水從我的頭上流下來。我自然想立即爬出浴缸，可是辦不到，因為我的手和腳都被鏈子 **鎖** 在浴缸的扣子上。

　　這是怎麼一回事？眼前這個房間一點都不像浴室，它十分寬大，浴缸放在正中央，房間的四周圍全鋪着白色的大理石。

　　在浴缸的旁邊，有一個十分巨大的**金屬箱子**，箱子上有許多紅色的小燈，明滅不定。

　　我試圖用頭或者用手將水龍頭關上，但並不成功，扣住我雙手的鏈子不夠長。眼看水快要從浴缸中**滿溢**出來了，我大叫道：「快來關水龍頭啊！」

　　我喊出這句話來，實在十分滑稽，可是我又非喊不可，因為水已浸到我的下巴了，如果繼續滿上來，堂堂衛斯理**淹死**在浴缸中，那將會更滑稽。

　　這房間是沒有門窗的，四面牆壁全是白色的大理石。但我喊叫了幾聲後，其中幾塊大理石像**暗門**一樣打開，一個從頭到腳套着**白衣服**的人走了進來。

他不但穿着一件雪白無比的長袍，就連頭上也有一個白色頭套，只在眼睛部位留兩個洞，但我還是看不到他的眼睛，因為那兩個洞口鑲着兩片瓷白色的**鏡片**。

那人的雙手也戴着一副白手套，而雙足亦被及地的長袍所蓋住。

他戴着白手套的手，先關上水龍頭，然後將那個金屬箱推過來。

我連忙質問：「喂，你在做什麼？至少得告訴我，我來店裏喝汽水，為什麼要受到這樣的**待遇**？」

那人像是沒聽到我的話，自顧自地將金屬箱推到了浴缸邊上，然後從金屬箱中拉出了兩條電線，每條電線的末端都有一個金屬插頭，那人抓住了這兩根**電線**，將兩個插頭碰了一下，立時「啪」地一聲，爆出了一朵碧綠的**火花**來，不禁使我大吃一驚，那個箱子是發電箱！

那人扳下了電箱上的一個掣，再碰擊一下那兩根插頭，這次沒有火光爆出來。

我略鬆了一口氣，可是那人接下來的動作，卻把我嚇得**魂飛魄散**！

只見他將那兩根插頭，放入浴缸，浸在水中。可以預見，只要他扳下那電箱的電掣開關，水中的我就會當場觸電而死，我如同坐在**電椅**上無異。

我登時大聲叫道：「喂！你想做什麼？」

我一面叫，一面用力地**掙扎**着，希望能

在「行刑」之前掙脫，離開「電椅」。

可是我怎麼也掙脫不了鎖在雙手雙足上的鐵鏈，心想這次**必死無疑**了，卻又有一點想不明白：他們要是想殺我的話，何必這樣**大費周章**？他們大可以在我昏過去的時候，將我拋入大海。為什麼偏要將我鎖在浸滿了水的浴缸，等我醒來才用電箱電死我？

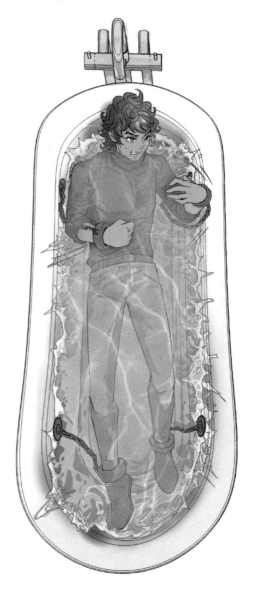

難道他們的目的不是殺我，而是折磨我，或者想拿我來做各種各樣的 **實驗** ？這比死更可怕，我不禁喊破喉嚨問：「喂，你究竟想做什麼？」

那人依然沒有反應，一隻手已放在那個 **電掣** 上，同時俯下頭來，像是要檢查我的雙手雙腳是否被鐵鏈鎖好。

他的頭俯了下來，離我的頭只不過幾吋。在這樣的情形下，我實在沒有別的辦法可想了，我一見到他的頭部離我這樣近，便猛地伸出頭去，**張口就咬** ！

那人立時發出了一下可怕的呼叫聲來，我猜想我已經咬中了他的**耳朵**，因為我的臉正對着他的頭側。

由於我口中咬着他的耳朵，講起話來自然有點含糊不清，但我必須表達我的意思，向他**討價還價**：「你放開我，我也放開你！」

第五章

被神秘的
白衣人
拘禁

那個被我咬住耳朵的人，只是不斷叫着，他呼叫的聲音十分難聽，是一種**尖銳**而急促的聲音，聽來有點像驢叫。

不到半分鐘，我已看到另外一個白衣人，從那幾塊白石板後面走進來，匆匆跑到浴缸邊，嘗試將我倆的頭分開。

他們的裝束是一模一樣的，我同樣看不到這個人的

臉，只見他手中忽然多了一根金光閃閃的**金屬棍**。我**心知不妙**，還來不及作出反應，那金屬棍已經重重地擊向我的後頸，我又一次昏過去了。

不知道過了多久，我漸漸恢復了知覺，這一次沒聽到水聲，也沒感覺到浸在水中，只覺得身體好像半躺在一張舒適的**天鵝絨沙發**上一樣，軟綿綿的。

我慢慢地睜開眼來，發現自己的確坐在一張極其舒服的沙發上。

沙發在一個房間的中央，和我上次醒來所在的「浴室」一樣，周圍全是**白色**的。

令我感到意外的是，我身上的衣服已經完全乾了。是他們幫我弄乾的？還是我已經昏迷了許久？

而且，這次我的四肢沒有被鎖，可以自由活動。

我立時站了起來，但一站起之際，我就感到整個房間

忽然在 轉動 ！

　　起初我還以為是自己暈頭轉向，但很快就能辨別出來，那是整個房間在旋轉，或正確點說：是地板在轉動！

　　我完全無法站穩，身體晃了兩晃，又跌回沙發上，地板的旋轉亦隨即停止。

　　我苦笑了一下，地板之所以旋轉，毫無疑問，是因為我踏在地板上。他們設置這樣的機關，是不准我亂走，迫我非坐下來不可！

　　可是，為什麼沙發壓在地板上，地板卻沒有轉動呢？

　　我好奇地伏在沙發上，彎下身去，盡量使我的頭部接近

而不碰到地板，看看沙發底下的情況，發現這張沙發原來不是放在地板上的。

在地板上，有一個直徑約十厘米的 圓孔 ，一根圓形的金屬柱自地板之下，穿過那個圓孔，伸了上來，支撐着整張沙發，使沙發沒碰到地板！

那根金屬柱的直徑約莫有九厘米，因此地板圓孔中還留下一點縫隙，隱隱透着 燈光 。

我立時從口袋取出了一件小工具來，那是我在巴圖的工具箱裏找到帶來的，是一根柔軟細長的 窺視管 ，我小心翼翼地將裝有窺視鏡的一端，穿過金屬管和圓孔之間的縫隙，探了下去。

我把眼睛湊到接目鏡的一端，看到下面是一個相當大的房間，比我身處這個房間大得多，足有六七百平方呎，而牆壁和地面則同樣是白色。

那根支撐着沙發的金屬柱，是在一張圓形的桌子中心穿過的。那張 **圓桌** 的直徑大約有二十厘米，桌邊坐着八個人，那八個人的裝束，也和我曾經見過的兩個白衣人一樣，全身白色衣服、白色頭罩，而眼睛部位則是兩片玻璃片或是膠片。

我還發現，房間裏有一個十分大的 **屏幕** 。那八個人都望向那個屏幕，我也自然而然地望過去，看看那個屏幕在 **顯示** 什麼。

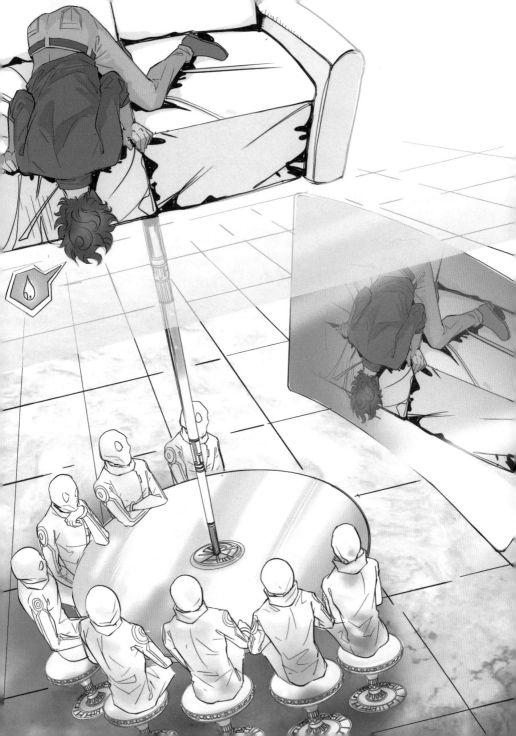

唉，不望還好，一看到那屏幕的畫面，我頓時尷尬得無地自容。因為屏幕正顯示着一個人，伏在沙發上，翹起了屁股，往沙發底下窺看着什麼的樣子，看上去甚為 **滑稽**，而這個舉動滑稽的人就是我。

我在設法窺視他們，而我的窺視行動卻一點不漏地完全落入他們的眼中，這是令我多麼 **尷尬狼狽** 的事。

我連忙放棄窺視，坐回沙發上，向下面大叫：「我已經醒了，你們究竟是什麼人，想將我怎麼樣？」

話音剛落，便有一個人推開了牆上白色的雲石，走了進來。

他一步步向我走近，我心中已 **盤算** 着，等他一踏入這個範圍內的地板，觸及機關令地板轉動時，我就趁機撲過去，先將他 **制服** 了再說。

可是，他已經來到了我的面前，地板卻沒有轉動！

大概是他們把機關關掉了，這樣對我來說更好辦，我不用被困在沙發上，可以 **輕而易舉** 地制服這個白衣人！

我立時行動，站了起來，正要出手之際，地板又突然轉動起來，使我狼狽倒地。而那個白衣人卻可以在旋轉的地板上 **走動自如** ！

我勉力爬回沙發上，地板亦隨即停止轉動，我瞪着那 **神秘** 的傢伙，不忿道：「你沒有重量嗎？為什麼你踏下去，地板卻不會轉？」

那白衣人開口講話了，這是我第一次聽到他們講話，他講的不是本地話，而是英語，但有點生硬，帶着奇怪的口音，卻又聽不出是什麼地方的口音。

他先發出了十分 **難聽的 笑聲**，然後説：「當然有重量，只是地板能認出我和你的重量不同。」

我「哼」地一聲説：「好了，你們終於肯開口。為什麼要 **扣留** 我，而我又在什麼地方？」

那白衣人又用那種難聽的聲音笑了兩下，「那先要問你自己，你是什麼人？為什麼要到蒂卡隆鎮來？」

我不滿道：「是我先發問的，你應該先回答我！」

「但你是 **俘虜**，你必須回答我的問題，不然我

們就一直囚禁着你，直到你回答為止。」

「原來是這樣。」我故意拖延時間，暗中已將一根有着強力彈簧的小銅管摸在手中。那小銅管可以射出兩粒**銅珠子**來，力道十分強。

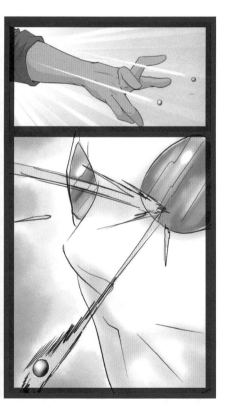

我一講完那句話，立時揚手，那小銅管便「錚錚」地射出兩粒銅珠子，準確擊中那傢伙頭罩上的兩塊玻璃片。

怎料那兩塊玻璃片竟然**絲毫無損**。

那傢伙呆了一呆之後，向前走近一步，用責備的口氣問：「你這是什麼意思？為什麼要攻擊我？」

我大聲怒吼：「我為什麼要攻擊你？那你先得問問自己，為什麼要囚禁我！」

那人搖了兩下頭，「我們囚禁你，**絕無惡意**。我們到這裏來，也絕無惡意，只不過是來作一種觀察。」

我感到莫名其妙，問：「觀察什麼？」

「對不起，我們的行動要**保密**，否則會引起極大的不便。」

我吸了一口氣，開門見山問：「我已經發現了你們這個組織，你們為了保密，打算把我滅口嗎？」

「我們會對你的腦膜作一種輕微的刺激，使你腦中有關我們的**記憶**全部清除，那樣，對我們來説就安全了。」

「我拒絕！」我不能再坐在沙發上了，在這樣的情形下，實在非站起來**反抗**不可。

「你必須接受，而且，我保證對你無害。」那人十分堅持。

我連忙站起來，地板當然又轉動了，但我不顧一切向前撲去。

可是，眼前突然有一股光束向我射來，那光線一射到我的臉上，我只感到一陣窒息，然後瞬間便喪失了知覺。

第六章

失去的日子

我是被一個婦人的尖銳聲音叫醒的，她還相當大力地搖晃 着我的身子。

我睜開眼來，發現自己伏在一張桌子上，面前有一瓶汽水；而把我叫醒的，則是一個二百五十磅以上的胖婦人。

那時天色已黑，有不少遊客在海灘上生了篝火。我腦中卻混亂到了極點，一點也想不起這是什麼地方，我為什麼會在這裏。

然而，這種 **混亂** 只維持了極短暫的時間。我漸漸想起巴圖，想起紅月亮，想起那個被我射了麻醉藥、睡在峭壁凹槽裏的人。我還記得自己曾經逐個岩洞去尋找巴圖的下落，然後來到這家小吃店，要了一大瓶汽水。

但我的記憶只到此為止，在要了一大瓶汽水之後，又發生了一些什麼事呢？我完全沒有 **印象**。

我向那胖婦人望去，她的笑容十分友善，說：「先生，

你的臉色不大好，剛才看來，你像是**昏過去**了。」

「是麼？」

「是的，先生，你一定曾去過那些峭壁岩洞，是不是？」

我心中一愣，「是啊，你怎麼知道？」

胖婦人笑道：「我當然知道，我在這裏住很久了。以前，我們只知道那些岩洞中有妖魔，會使進去過的人感到不舒服。後來科學家認為，是岩洞中的**蝙蝠**，帶有某種病毒，會使人癲癇發作，昏昏暈暈……」

那胖婦人**喋喋不休**地講着，說我可能受到蝙蝠病毒的影響。我向她道了謝，一口氣喝了那瓶汽水後，便結帳離開，由公路走回小鎮去。

我沿途看到了天上的月亮，那是**潔白**的，沒有一絲紅色。

回到小鎮時，已是萬家燈火了。我在進鎮之前，先將臉上的化裝除去，恢復了本來的面目。

我走進酒店，聽到一個**美國人**在吵鬧，而酒店經理一看到我，就對那美國人說：「好了，這位先生回來了，他是唯一能幫你忙的人。」

我疑惑地轉過頭看去，那美國人亦轉過頭來望我，向我揚手打招呼：「嗨！聽說你一個人住一間雙人房？」

我注意到他頸上掛着一部專業的相機，這人可能是一名**攝影師**。

他來到了我的身邊，提議道：「你一個人睡不了兩張牀，讓一張給我，我來負擔百分之五十的 **房租**，怎麼樣？」

我冷冷地回答：「對不起，我不習慣和別人同房。」

這時升降機剛好到了，我不理會他，匆匆跨了進去，怎料他也跟着進來，仍想着辦法 **游說** 我：「我聽説日本人是最好客的——」

我不等他講完，便搖手道：「你又錯了，先生，我是中國人。」

那傢伙現出了十分  沮喪 的神色來，「唉，我到這小鎮上，前後已七次了，連那次我看到紅月亮在內，沒有一次順利找到住所！」

他的話引起了我極大的注意，我連忙問：「你說什麼？你看到過紅月亮？」

他點頭道：「是，我正是為此再來的，我準備寫一篇文章，刊登在《搜尋》雜誌上。噢，我忘了介紹自己，我是保爾，《搜尋》雜誌的攝影記者。」

這個叫保爾的傢伙，是看到過 紅月亮 的！

我對他的態度也有一百八十度轉變，伸出手來和他握了握，「真巧，我們有着相同**目的** ，我也是為了這件事而來的，只不過我未曾見過紅月亮。」

「那麼，我可以給你提供資料，但房租方面，我只負責百分之二十。」

我真佩服這個美國人的**精明頭腦**，這時升降機已到了三樓，而我也屈服了，因為迫切需要關於「紅月亮」的第一手資料。

我伸出手來，「好，**達成協議**！」

他和我一握手，我們便一起走出升降機，進入我的房間。

我向他簡單交代：「我也是第一天到，本來還有一個**同伴**的，可是他不知道到哪裏去了。」

沒想到這樣簡單的陳述，保爾居然來糾正我，「不，你已經來了兩天，昨天你出去一整天，直到這時才回來，你到哪裏去了？」

我真是**哭笑不得**，我的行蹤我自己不清楚，反而要他這個陌生人來指正？我忍不住苦笑着説：「我才來了一天。」

他卻堅持道：「兩天！」

我懷疑他是個瘋子，正**後悔**答應了他，但他説：「你不信的話，看看自己的手機，今天是什麼日子？而你

又是哪天入住酒店的？」

　　我今天才到酒店，難道還會記錯嗎？居然要用這樣的方式來確認自己來了多少天？那簡直是荒謬，但為了證明他 **胡說** **八道** ，我還是照做了。

　　然而我一看手機，就不禁呆住！

　　我懷疑手機的日期顯示壞了，特意又上網查看今天的日期，竟是 **十三日** 🗓️！

這是怎麼一回事？如果今天是十三日的話，那麼我來到這個鎮上，應該有兩天了，可是我明明今天才來到酒店的！

我呆住了，無話可說，保爾卻**得意**地拍了拍我的肩頭，「怎麼樣？弄錯了，是不是？」

我沒有回答他，向前走了幾步，在沙發上坐了下來，心中十分亂，完全弄不明白這是什麼一回事。

我清楚記得，我是白天來到酒店的，打發走了**胖探長**，匆匆化裝出去，在岩洞中查了一遍，去小吃店喝一瓶汽水，然後晚上就回來了。我何來失去了一天呢？在那失去的一天，我做了一些什麼事？我拚命去想，努力去記憶，卻絲毫也想不起來。

這種「**時間遺失**」使我心情十分沮喪。但保爾卻因為找到住所而非常高興，他吹着口哨，在浴室進進

出出，然後又在我的肩頭上拍了兩下表示同情，安慰道：

「你一定是太 疲倦 了。」

　　我實在記不起來，只好先談紅月亮的事，我問：「談

談你看到的紅月亮吧，那是怎麼一回事？」

　　保爾望着我，認真道：「可以，但先來個君子協定。」

　　「什麼 君子 協定 ？」我呆呆地問。

他說：「我可以把我的第一手資料告訴你，但你只能聽，不可以對外公開，也不可以告訴別人，因為這是屬於我的**知識產權**。」

我不禁嘆了一聲，「計得還真清楚。」

「沒辦法，在我們的國家，一切以**金錢 $**掛帥。」

我苦笑道：「好，我答應你。但我那個失蹤了的朋友，他也需要這些資訊，不過你放心，他所服務的機構很有錢，必定會付一筆可觀的**報酬**給你！」

保爾大聲叫了起來：「太好了！」

他**興致勃勃**地在我對面坐了下來，想了一想，便叙述道：「那天晚上的情形實在太奇特，我來到這個小鎮的任務，是拍攝一輯海邊的**風景照**。當晚，我完成任務後，幾經辛苦才找到落腳處，一個人在酒店裏休息，外面忽然有人怪叫起來——」

保爾望着我，我示意他繼續講下去。

他說：「我的西班牙語不太好，但聽到酒店外面所有的西班牙人都在奔走相告，發狂似地叫着：『末日來到了，**月亮●變成紅色了！**』我連忙探頭去看，連我也呆住了，月亮真是紅色的！

「而這時，街上的情形已混亂到了極點，喝醉酒的人愈來愈多，許多人當街跳舞，也有不少人趁機搶劫，大家都覺得**世界末日**要來了，什麼規則都拋在腦後，紛紛做出各種瘋狂的事來。」

保爾講到這裏，不由自主地喘了一口氣，然後才繼續說：「我算是比較有自制能力的一個，而且出於職業習慣，我連忙拿起相機，將紅色的月亮拍下來，也拍了一些街上的人。」

他說到這裏，我才**如夢初醒**：對啊，那天

晚上有三千多人看到了紅月亮，一定有不少人拍下了照片，怎麼巴圖從來沒提及過那些照片 ？我連忙問保爾：「你拍到的紅月亮，是怎麼樣的？」

保爾拿起相機，打開當日所拍到的照片檔案，向我展示，「你看，當時我見到的月亮，分明是鮮紅色的，可是你看看照片上的月亮！」

我不明白他這樣說是什麼意思，只知道我即將看到紅月亮的情形，因此心情十分緊張。

可是，當我從相機熒幕看到那張照片時，不禁呆了一呆。

那是一個大月亮，而那個月亮，卻是銀白色的。

第七章

巴圖的經歷

　　我一張又一張地看着保爾當時所拍的照片，有的拍月亮，有的拍人群，人群都在 **狂呼** **亂舞**，但每一張照片所拍下來的月亮，都是正常的銀白色。

　　我抬起頭來，問：「保爾，這是什麼意思？」

　　他聳聳肩，「就是那樣，當時我看到了紅月亮，**千真萬確** 是紅色的，可是用相機拍下來，卻是這個樣子。以我所知，當晚在場所有人拍下來的月亮照片，都

是這個情況。」

「那些人都看到了紅月亮，但拍下來的月亮照片卻全是銀白色的，這怎麼可能？」我感到**難以置信**。

「我之所以再度前來，就是要把這件事弄明白。我相信我一定能**查出原因**，寫成一篇精彩的報導！」保爾顯得充滿自信。

而我卻坐在沙發上，用手托住了頭，一點頭緒也沒有。望着他樂觀自信的樣子，我忽然有了一個想法，便向他提議道：「你願意和我一起**合作調查**嗎？」

他正要開口回答，我已經知道他想說什麼，所以快一步說：「請你放心，我說過，我那個朋友經費十分充足，我可以代表他，以高薪暫時**僱用**你。」

「真的麼？」保爾喜出望外，「是什麼機構？有什麼條件和待遇？」

「你聽說過**異種情報處理局**麼？」我說：「它是直屬於最高軍部的機構，專門處理類似紅月亮這樣的特異案件。我想，你可以獲得二千美元的周薪。」

保爾情不自禁地吹了一下口哨，說：「好，我接受！你是我的上級麼？」

「不，我是你的**同事**，我們的上司叫巴圖，他本來

住在這個房間，但六天前……不，是七天前，他踏出酒店後就 **不知所終**，一直到現在還沒有回來。」

我從手機找出巴圖的照片給他看，他仔細地看了又看，突然靈光一閃地叫道：「這個人，**我見過！**」

我很驚訝，連忙追問：「你在哪裏見到他？什麼時候？」

「就今天，我坐車來這個鎮的途中，看見他正在公路旁步行着。我於是叫司機停下來，問他是否願意拼車，這樣對我們三方都有好處：我的車資給分擔了一半；他可以半價坐到了 **順風車**，不用步行；而司機亦可以酌情多收一點點附加費。」

聽到這裏，我不禁對保爾的精明頭腦佩服得 **五體投地**。

他繼續說：「但不知道為什麼，他一臉**迷惘**，好像遇到了極大的困擾，呆呆地站着，對我們的提議一點反應也沒有。我覺得這個人太**古怪**，說不定是個瘋子，所以也不敢和他拼車了，便叫司機開車離去。」

「你看到他的時候，他是向着這個鎮走來的嗎？」我問。

「是的。」保爾堅定地點頭。

「如果他是到鎮上來的話，那麼現在應該也差不多——」

我才講到這裏，門上便響起了「卡」的一下聲響，房門慢慢地被推開，一個人站在門口，正是巴圖！

巴圖的神色確如保爾所說，十分**憔悴**和迷惘，像有着什麼重大的**心事**。我連忙叫他：「巴圖！」

在我一叫之後，他才望到了我，而他面上也漸漸露出

欣喜的神情來，帶着 **驚喜** 的語氣說：「啊，你這麼快就來了？」

保爾也站了起來。巴圖的精神顯然已恢復了不少，他指了指保爾，問：「嗨，這位朋友是誰？」

我告訴他：「這是我新認識的朋友，他叫保爾，我已代你聘他為異種情報處理局的 **臨時職員** ，周薪二千美元，因為他曾看到過紅月亮。」

巴圖完全沒有怪責我 **擅作主張** ，還相當興奮地說：「對了，你就是那個曾經看到過紅月亮的美國攝影記者？」

保爾走上前，和巴圖握手，「幸會。」

巴圖接着又向我笑道：「我都不敢催你，但你自己這麼快就來，你的妻子一定要罵我了。」

我的臉紅了一紅，苦笑道：「別 **諷刺** 我了，我已

比你遲了六天到來。我想，你在這六天之中，一定已有不少 **收穫** 了？」

巴圖登時睜大了眼睛，「你一定是瘋了，我今天上午到，現在你也來了，你只不過比我遲來十個小時而已！」

我當場呆住，一聽巴圖這樣的講法，我已明白那是怎麼一回事。我失去了一天，而巴圖卻在他的記憶之中，失去了 **七天**！

他以為自己是「今天」到的，但事實上，他已來了七天，只不過這七天已在他記憶裏消失。

我雖然明白了這一點，卻不知道該怎麼向巴圖解釋，巴圖追問道：「什麼意思？為什麼你説你比我遲來了六天？」

我嘆了一聲，説：「巴圖，看來我們都遇到了極其 **不可思議** 的事情。我到了這裏之後，失去了一天；而你

比我更不幸,你失去了七天!」

　　接着,我便將我「失去一天」,以及與保爾爭論的經過,對他講了一遍。

　　他和我一樣,用**手機**上網查看了一下,才相信了這個現實。

　　他背負着雙手,來回地踱着步,喃喃地説:「怪不得,我也感到奇怪,何以路邊的那些**向日葵**,竟會

在一天之間長大了那麼多？原來已過了七天！」

　　我着急道：「巴圖，你盡量將你記得的經過，向我們說説。」

　　巴圖點了點頭，閉上眼睛，努力 **回憶** 了一會，便開始講述出來。

　　他是在上午到達蒂卡隆鎮的，他走進酒店的時候，在門口和一個 **胖子** 幾乎撞了個滿懷。

　　巴圖向後退了一步，那胖子向他 **打量** 了一眼：「遊客，嗯？」

　　「可以説是。」巴圖簡單地回應。

　　但胖子的態度十分 **傲慢**，「我是鎮上的史萬探長，我問你問題，你的回答最好肯定一些！」

　　巴圖不想理他，二話不説就從史萬探長的身邊走了過去。

他進了房間，伸一個懶腰，將上衣脫下。他是一個十分**機警細心**的人，當他脫下上衣的時候，發現自己上衣的領子似乎被人翻轉過。他怔了怔，小心翼翼地翻開衣領來，發現衣領下有一枚如同鈕扣的東西，巴圖一看就知道那是

竊聽器！

巴圖大感訝異，但沒有立刻將竊聽器除去，只在想：到底是誰放的竊聽器？

他回想了一路上的情形，似乎只有在酒店門口遇到的史萬探長，最有可能放置竊聽器。然而，史萬探長為什麼

要這樣做？

　　巴圖並不去破壞那竊聽器，反而從手提箱取出一些精巧的工具來，輕輕地撬開了那枚小巧的竊聽器，將內裏的線路用放大鏡仔細地檢查了一遍，然後撥動了

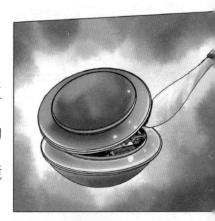

幾根十分精細的金屬線，嘗試把竊聽器 **逆轉** 過來，改裝成能夠接收另一端的聲音。

　　他放下了工具之後，立即聽到輕微的 **聲音** 傳了過來，那是一個女子的聲音：「唉，整天在岩洞中，快悶死了！」

另外一個男子的聲音說：「別亂講，叫我們的僱主聽見了，小心丟掉這份 **報酬豐厚** 的優差。」

那女子問：「我們的僱主究竟是什麼人？」

那男人說：「我也不知道，我只見過他們一次，他們的打扮很特別，全身 **白色** 的衣服。但看在薪水高的份上，其他一切都不重要——咦，竊聽器的線路好像出了問題，快通知警戒室！」

那個男子說完這句話後，巴圖從竊聽器聽到了一陣雜亂的 **腳步聲** 。

第八章

詭異的 小吃店

巴圖知道自己的 **把戲** 已被人發現了，慌忙丟下那個竊聽器，用腳踏扁。

剛才偷聽到的那段對話，顯示岩洞是一個重要線索，巴圖決定去 查探 一下。

當時他想把行動告訴我，卻又知道我要陪太太，不想給我壓力，所以只寫了一封信，交給酒店經理，等我來到

才看。

巴圖查探岩洞的經歷和我差不多，只不過我是向右邊走，而他則向左邊的峭壁**探索**去。他一路搜尋了三十四個岩洞，有大有小，卻什麼都沒有發現。當他來到沙灘時，情形也和我的遭遇差不多，他走進一家在海灘旁邊的小吃店，點了一杯**飲料**。

據他自己說，他一喝完那杯飲料，就步行走回鎮來。

但事實上，我的一瓶汽水，喝去了一天的時間；而他的那杯飲料，則喝了整整七天！

這完全不可思議，卻又是鐵一般的事實！

巴圖敘述完後，保爾立即說：「那就簡單，我們可以從那兩家**小吃店**下手！」

我望着保爾，笑道：「不錯，你的工作可以開始了！」

「我？」保爾露出**不解**的神色。

我解釋道：

「是的，你重走我們其中一人的路線，經過一個個岩洞後，走進那小吃店，點一杯飲料。而我和巴圖會在暗中監視，觀察你會如何失去一天或更多的 **光陰** 。」

看在那優厚的薪水份上，保爾無可奈何地說：「好，但現在天色已黑……」

未等他講完，我和巴圖已異口同聲道：「明天行動！」

第二天一早，保爾離開了酒店，開始他的 **任務**，過

程中不時發訊息和我們聯絡，報告進展。

當他差不多走完那些 **岩洞** 時，我和巴圖已提早來到海灘作準備。

在巴圖失去七天時間的那家小吃店外，我們打量了一下環境，看到小吃店後面有一排濃密的灌木，而在灌木叢的上方剛好有一個窗口，我們於是躲在灌木叢中，利用小型的 **潛望鏡** ◯◯ 去觀察小吃店內的情形。

巴圖取出小型的潛望鏡，與我交替觀察，只見那是一間十分普通的小吃店，兩對情侶在喁喁細語，一個矮小中年人看來是店主，正用手撐着頭 **打瞌睡** Z^Zᶻ。

我們看了十五分鐘，那兩對情侶先後離開了小吃店。接着，我們收到保爾的訊息，說他已經在海灘上了。

我和巴圖不由自主地 **緊張** 起來，從潛望鏡看去，看見那店主忽然 **站起** ，走到門口，向門外張望着，分明

在等着什麼人似的。我心中即時閃過了一個念頭：難道他知道保爾要來？

那傢伙沒有望多久，就退回店內。

而保爾亦很快來到，一走進店子，便坐了下來，揚了揚手説：「汽水。唉，從那些岩洞回來，**口渴**極了。」

保爾把要説的，都一字不漏地説了，雖然略嫌演得有點**刻意**，但沒有關係。只見店主答應了一聲，很快就拿了一大瓶汽水，放在保爾的桌上，情形和我在另一家小吃店時相同。

保爾拿起汽水，大口地喝着。而就在這時，我看到那店主**躡手躡腳**地走到保爾的身後，手上還拿着一根相當大的木棍！

我心中十分**躊躇**，此刻應該衝進去救他，還是繼續觀察下去，等那個神秘組織顯露出更多的秘密來呢？我一

時之間決定不了，匆匆將潛望鏡遞給巴圖，由他來決定。

但這時候，灌木叢外忽然傳來一聲 **呼喝**：「躲在樹叢中的人，快滾出來！」

那是史萬探長的聲音，還伴隨着「卡卡」兩下，老式 **步槍** 子彈上膛的聲音。

我和巴圖互望了一眼，他用極快的手法收起了潛望鏡，然後我們兩人無可奈何地站了起來。

站起之際，我瞥了窗子一眼，竟見店中 **空無一人**，保爾不見了，那店主也不見了！

兩名警員走到我們面前，用步槍指着我倆，而史萬探長亦握着手槍，雙眼瞇成了兩道縫說：「我們歡迎遊客，但絕不歡迎行動 **鬼祟** 的人！」

被發現了，我和巴圖也無話可說，只是互相交換了一個 **眼色**。

等到史萬喝令我倆高舉雙手的時候，巴圖先舉起手來，同時「嗤嗤」兩聲，兩枚麻醉針射了出去，刺中那兩個警員。

我亦隨即配合，上前，一掌劈向史萬的手腕，使他手槍落地。我第一時間把槍踢向巴圖，巴圖拾起了槍，指住史萬。

史萬面色大變，叫道：「你們這樣做，可

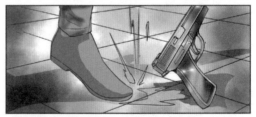

以被判四十年徒刑！」

巴圖冷冷地說：「將你兩個部下拖進店去，如果你不這樣做，可能比四十年徒刑更糟糕！」

史萬氣喘吁吁地望着巴圖，不得不**屈服**，只好一手一個，挾着那兩個昏迷不醒的警員，繞過了灌木叢，來到了**小吃店**的門口，走了進去。

此時店內無人，巴圖喝令史萬坐下，然後質問：「好了，你究竟在玩什麼把戲？老老實實地講！」

史萬還在**嘴硬**：「你這樣對待西班牙政府的警務人員，你──」

不等史萬講完，巴圖已經一臉不屑地道：「別**假惺惺**了，你不但受僱於西班牙政府，只怕還受聘於另一個集團，而且薪水相當可觀吧？」

史萬呆住了，眼睛睜得老大，「你……你們是什麼人？

你們知道些什麼？」

　　巴圖冷笑道：「什麼都知道。你認識塞隆斯先生麼？我們是他派來的。」

　　巴圖提到的那個人，當時我不清楚是誰，事後才知道那是西班牙內政部一個權位極高的官員。史萬一聽到對方

的名字，面色立時變得更 **難看** 了。

他牙齒打顫着說：「這⋯⋯我⋯⋯是因為⋯⋯薪水實在太低⋯⋯」

我拍了拍他的肩頭，「你最好把事情 **從實招來**，或許還有轉圜餘地。」

史萬嘆了一口氣，攤開了手，「其實也沒有什麼，我只不過接收指示，做一些 **無傷大雅** 的事情，例如⋯⋯取去酒店的一封信，監視你們的行動，放一個竊聽器，諸如此類。」

「你是怎麼得到指示的？」巴圖問。

「電話，我從 **電話** 收到指示。」

「誰付你錢？」我問。

「我不知道對方是誰。」史萬說：「我的 **加密貨幣錢包** 按時就會收到款項。」

巴圖又問：「那麼，最初和你接頭的是什麼人？」

史萬苦笑道：「沒有人，全是 電話 ——」他看到我們不相信的神色，連忙強調説：「是真的，我心中也同樣好奇，想知道聯絡我的人是誰，於是追查過對方電話的 來源 ——」

聽到這裏，我已迫不及待地追問：「那麼是誰？」

史萬向這小吃店指了一指，説：「就是這家小吃店 店主的妻子 。」

「她現在在哪裏？」

史萬搖着頭，「不知道，我真的不知道。」

巴圖再問：「那麼，店主是從哪一條暗道 遁走 的，怎麼一轉眼就不見了？」

史萬依然搖頭，「這個我也真的不知道。」

我和巴圖不約而同地嘆了一口氣，覺得再留史萬在這

裏也沒有什麼用。當務之急是搜查這家小吃店，因為我們已經知道，這是一個組織的**支點**，人在這裏不見，指揮史萬的命令也是從這裏發出去的。

因此我對史萬說：「你可以走了，別忘記帶着你的部下。回去之後，絕不可**驚惶張揚**，明白麼？」

史萬連連點頭，抖着一身肥肉，又拖着兩名部下離去。

等史萬走了之後，我和巴圖立即開始行動，先檢查了店堂，沒發現什麼，繼而又 **搜查** 了後面的廚房，同樣一個人也沒有。

廚房裏有一扇後門通往後院，那便是我們剛才藏匿的地方，店主和保爾兩人不大可能從那裏離開。他們一定是通過某條**暗□道**離去的，可是我和巴圖幾乎將整個店子翻轉過來，也找不到那條暗道。就在這個時候，通向廚房的門口突然傳來一個人的聲音：「朋友，滿足了麼？」

我和巴圖吃了一驚，緩緩轉過身去，發現那門口站着

一個人，**正是那店主！**

第九章

世上最兇惡的女人

　　巴圖的反應極快，一看到那店主，便**騰躍**而起，「呼」地一聲直撞了過去。

　　可是店主的身手也不慢，一翻手，手上立時多了一柄配有**滅音器**的槍，並且即時放了一槍。

　　巴圖的身子應聲掉下，在地上打了一個滾。我連忙踏前一步，來到巴圖的身邊，俯下身去，看起來像是察看巴

圖的傷勢，但實際上雙手撐地，雙腳疾揚而起，絞住了店主的脖子，用力一轉，「啪噠」一聲，將他摔倒地上。

而巴圖亦**生龍活虎**地跳了起來，根本沒有中槍，一隻腳踏在店主的右手手背上，另一隻腳則踏住他的後頸，**厲聲**喝問：「你剛才將保爾弄到哪裏去了？為什麼我上次在這裏，會失去了那麼多天？」

我已經將那柄手槍拾了起來，店主卻**一言不發**，巴圖再厲聲道：「如果你再不回答，我就踩斷你的手指，你忍得住麼？」

巴圖實際上還未採取任何行動，但那店主已然怪叫起來：「別！別！」

他剛才還那樣口硬，可是忽然之間卻又變得如此**窩囊**，實在出人意料。巴圖便提起了腳來，「好，那你就老實——」

　　怎料這句話還未講完，店主突然又大叫起來：

「**別殺我！別殺我！**」

　　這兩句「別殺我」顯然不是對我和巴圖說的，因為誰都可以看得出，此刻我和巴圖根本沒有殺他之意。難道來了什麼人要殺他？

　　我和巴圖緊張地環顧四周，只見周圍**靜悄悄**的，並無他人。

我們斷定那是店主轉移視線的**詭計**，於是同時回過頭來，正想喝罵他之際，竟發現店主已經死了！

他的臉容十分可怖，雙眼瞪着，眼珠幾乎要突出眼眶，誰都能看出是死翹翹的模樣。

他是怎麼死的？巴圖蹲下來，開始檢查他的屍體。

我和巴圖一起檢查了幾分鐘，從店主身上看不到半點**傷痕**。

這時候，我們看到有人向小吃店走來，我連忙提議道：「巴圖，我們該走了，不然會**惹麻煩**。」

巴圖似乎還不願意走，但我拉着他說：「快走吧，這裏已沒有什麼線索了，我們還有另一家**小吃店**可以去查探！」

聽了這句話，巴圖才肯跟我一起從後門逃出去。我們沿着公路奔出了幾百米，看到後面沒有人追來，才放心不

再奔跑。

巴圖嘆了一口氣，「唉，**真丟人**，什麼也沒有找到，反倒把保爾丟了！」

我苦笑道：「現在，我們只能從好的方面去設想，希望保爾不會有**危險**，只不過和我們一樣，失去點時間而已。」

「但願如此。」

我們截了順風車，飛快地趕往我上次「失去一天」的那家小吃店。

進去之前，我已經有了**計劃**，「從剛才的情形看來，店主是用一根木棍，先將保爾擊昏，然後再帶走的。那麼，我們兩個人進去比較安全，敵人也難以下手。」

誰知巴圖反對，「不，你的方針錯了，我們不是要他們下手難；恰好相反，要他們下手**容易**些！」

我呆了一呆，他解釋道：「他們下手難，便不會下手，我們就 **一無所得**。所以，我們一定要他們下手。還是按原來那樣好了，你在一旁窺伺，我進店去。」

我想了一想，覺得巴圖的話很有道理，便和他慢慢走向那小吃店。到了只有七八米的時候，我便伏下身來，巴圖則繞過屋子，到了小吃店的正門。

而我則一個箭步來到了小吃店的後門，伸手一推，將**虛掩**着的後門推開來。

門內是廚房，我一推門進來，便迅速將唯一的廚子**擊暈**，緩緩放在地上，盡量不發出聲響。

我透過一個小門口向店堂張望了一下，那小門口是用來遞送食物的。

我看到那個胖婦人正背對着我，巴圖則坐着，用餐牌搧着風，張大了嘴，半伸着**舌頭**，裝出一副又熱又渴

又累的樣子，演技  媲美

荷里活明星。

「汽水，最大瓶的。」

那胖婦人微笑着轉過身

來，我連忙將那扇小門掩上，

只留下一道縫。

同時，我站到了一個 **最有利** 的地方，使我可以清楚

地看到巴圖。

不一會，汽水送到巴圖的桌上。那胖婦人用圍裙抹着

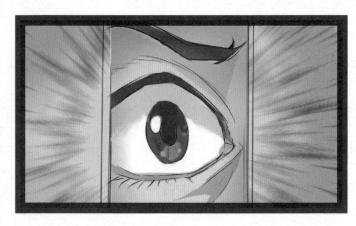

手，在巴圖的身

邊走了過去。

就 在 那 一

瞬間，事情發生

了！

那胖婦人平時的動作看似十分遲緩，但一出手的時候，卻快得像一頭美洲豹一樣，在巴圖的身邊走過時，右手突然一揮，向巴圖的後腦擊過去！

那一掌，我估計力道超過一百磅。只見巴圖向前一俯，已伏在桌上了。

我竭力忍着不衝出去拯救巴圖，因為這時衝出去的話，我們就徒勞無功了。我們的目的是要看胖婦人將巴圖弄到什麼地方去，然後我尾隨跟蹤，找出對方的

總部！

那胖婦人擊倒巴圖之後，轉過身來，臉上現出了一種十分 **狠毒** 的神情，張着嘴，尖尖的牙齒森然外露，看來像是一頭在暴怒中的河馬或是犀牛。

一看到這副神情，我就不禁呆住了，因為在這一剎那，我認出了她是什麼人來──她是意大利黑手黨中，坐第四把交椅的 **重擊手 普娜**！

意大利黑手黨的全盛時代已經過去了，幾個首領

也**銷聲匿迹**。由於我曾和黑手黨有過一番龍爭虎鬥，所以有關黑手黨的一切，我也特別注意。

我曾經看到過好幾張由不同角度拍攝重擊手普娜這種神情的特寫照片，她一掌劈下去的動作，再加上那副神情，等於在大聲宣布：「我是普娜，我就是有『**世上最兇惡女人**』之稱的那個普娜！」

在普娜臉上出現的那種狠毒神情，大約在五秒鐘之後便消失了。我心中有不少**疑問**：普娜為什麼會在這裏？我們要找的神秘組織，難道就是黑手黨？還是另一個新的**犯罪團體**？

但不論是黑手黨，還是新的犯罪團體，哪裏有力量可以使三千多個人看見紅色的月亮？可以使我失去一天，甚至令巴圖失去了七天呢？

我一面想着，一面仍然**目不轉睛**地望着

外面的情形。巴圖也稱得上是一個彪形大漢，但這時普娜卻 **毫不費力** 地將他提起來，放在那張桌子上。

然後，她不知道在桌子的什麼地方按了一下，那張桌子竟突然向上升了起來，連桌腳也離開了地面！

我很快就注意到，桌腳下有 **白色氣體** 噴出來，那外表看來十分陳舊的桌子，原來是一具飛行器。

桌子升起後，店堂中突然光亮起來，屋頂上出現了一個 **洞** ，剛好和桌面一樣大。桌子湊到了那個洞去，並沒有再向上升，而是慢慢地又降了下來，落在地上。

而當桌子降回原位時，桌面上的巴圖已經不見了！

若非親眼看見，誰能想得到，人竟是從 **屋頂** 上被弄走的呢？

而且，即使我親眼看到了，也不明白人到了屋頂之後，是怎麼被弄走的。

普娜 若無其事 地抹着桌子，我連忙悄悄地往後門退了出去。

我從外面細看店子的屋頂，實在看不出任何端倪，剛才巴圖被送到屋頂之後，是經什麼 渠道 消失的。

我又失敗了，丟了保爾之後，又失了巴圖，卻完全 追蹤 不到他們的去向。他們到底通過什麼方式，被送到什麼地方去呢？

第十章

再度會見白衣怪人

　　雖然我不知道保爾和巴圖的**去向**，卻不能說我一點收穫都沒有，因為我認出了那胖婦人是普娜，而她仍在店內，我相信從她的口中，多少可以得到一些線索。

　　我於是繞到小吃店的正門去，進入店內，坐了下來。

　　普娜來到了我的面前，**滿臉堆笑**地問：「請問要些什麼？」

我望着她，打量了她片刻，微笑道：「你認為我應該要些什麼才好呢？重擊手普娜！」

普娜是她的名字，「重擊手」則是她的**外號**。我相信她已有許久沒聽到別人以這個名字稱呼她了，因此她呆了一呆，然後才動手，向我撲了過來！

但這次我早有**準備**，她一向我撲來之際，我的手在桌上用力一按，整個身體已「呼」地一聲向旁躍出，使普娜撲了個空。

二百五十磅以上的體重，再加上她那一撲的力量，完全將那張椅子**壓碎**。

重擊手普娜曾經是泛美女子**摔角冠軍**，雖然胖，但動作十分靈活，她立時跳了起來，我連忙搖着手説：「別打架，普娜，要打架，誰打得過你？我們來談談！」

普娜瞪着眼盯住我，「你是誰？」

我笑了起來：「你不認得我嗎？我昨天才來過，或者應該說前天？不過那時我的 **妝容** 和現在不同。」

她一聽我這麼說，露出了十分驚訝的神情來，似乎已經意識到我是誰了。

我又說：「還是我先來問你好了。普娜，像你這樣的 **犯罪天才**，卻在這裏開一家小吃店，到底為了什麼？」

普娜冷冷道：「自從黑手黨走下坡之後，我已洗手不幹，**退休** 了。」

我忍不住哈哈大笑起來，普娜年紀輕輕已經開始作惡，

她會洗手不幹？

在我 **仰天大笑** 的時候，普娜已將店門關上，慢慢地向我逼近。我自然知道她想伺機動手，但我不慌不忙地取出手機來，她以為我想拍下她的情況，連忙用手遮臉，但我只是打開手機中的 **加密貨幣錢包** $ 給她看而已，「你看看。」

她從手指縫中瞥見我加密貨幣錢包裏的結餘數目，不禁 **雙眼發亮** ，慢慢地將手放下來，問：「什麼意思？」

我笑了笑，「你一定也有加密貨幣錢包，對不對？他們給你多少？我可以給你 **雙倍**。」

普娜猶豫了一下，卻又強硬地説：「滾開，我不知道你在説什麼！」

「**三倍**！他們一年給你的酬勞，我立刻三倍付給你！」

我這句話一出，普娜的臉色顯然變了，雙手按在桌子上，眼睛 **瞪着** 我。

我指了指桌子説：「你別按得太用力，小心它飛起來。」

普娜身子一震，驚問：「臭小子，你到底知道了多少？」

「不多。」我笑了起來，「所以才得出高價，去買你的 **情報**。」

普娜的身子向前俯來，**咬牙切齒**道：「五年！除非給我五年的酬金，再乘以三倍！」

她漫天開價，以為我一定不會答應，沒想到我爽快地點頭說：「好，**一言為定**，他們給你多少？我現在就給你五年、三倍！」

普娜聽了之後，呆了一呆，突然喊叫：「不！不！」

「你還想抬價？」我瞪着她。

但見普娜又叫了起來：「不，我拒絕他好了，我實在沒想到他會答應的。我以後不會再犯了，別殺我！」

她這番話顯然不是對我說的，而我心中已有。

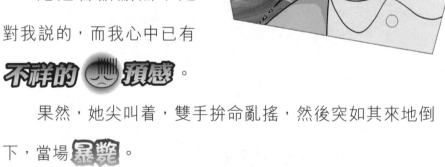

果然，她尖叫着，雙手拚命亂搖，然後突如其來地倒下，當場**暴斃**。

她是怎麼死的？雖然就在我面前發生，我卻完全看不出來。

那種神秘的殺人力量，會不會施加到我的身上來呢？

我呆立着**不知所措**，足足有一分鐘之久，卻依然活着。看來，那種力量只會殺他們自己的叛徒，而不殺外人。

我深深地吸了一口氣，向普娜的屍體走過去，她的樣子就像心臟病突發而死一樣。

本來可以在普娜身上得到**線＿索**，但如今她死了，我唯一的線索就只剩下眼前這張桌子了。

我伸手在桌底摸索了一會，摸到了一枚**按鈕**，於是用力按下去。

桌子隨即慢慢地升起來，同時，屋頂上也移開了一個洞，一切與剛才巴圖失蹤時**一模一樣**。

我連忙跳上桌子，任由它把我向上抬去，沒多久，我的身子已冒出了屋頂那個洞。

此時夕陽已染紅了雲霞，但我的眼前突然綻起了異樣的光芒。

那種光芒是如此的強烈，使我什麼都看不見，只有一片奪目的銀光！

我下意識地雙手亂揮，想將那片銀光揮去。然而，我眼前卻又突然黑了下來。

我以為自己的視力已被那強光所破壞，從此看不到東西，將要變

成 **瞎子** 了，所以激動地嚷叫着。

我叫了兩聲，便聽到一把聲音說：「鎮定些，朋友。」

我喘着氣，停止了 **嚷叫**，而就在這時，眼前出現了一片柔和的光輝，我可以看見東西了，我看到自己正身處一個十分寬敞的房間中，面前站着一個人。

那人全身穿着白色的衣服，連頭上也套了白布罩，眼睛部位則鑲着兩塊反光玻璃。

一看到這樣的一個人，我心裏 **莫名一動**，腦海中升起了一種淡薄的印象，好像曾經在哪裏見過這樣的一個人，可是怎麼努力去想，也想不出來。

在我緊皺眉頭拚命思索之際，那人又開口：「唉，真想不到我們會 **再相見**，雖然這次你沒有化裝。」

他說「再相見」，那表示我們以前確實遇見過，而且據他所講，那次我是化了裝的！

我立刻靈光一閃，想起前天我曾化裝去查探岩洞，然後就失去了一天的記憶。我和這個白衣人的 **初次見面**，一定就是那時候發生的。那麼，使我失去一天，還有殺死普娜和另一個店主的 **力量**，也是來自他麼？

我的神經不禁緊張起來，那人向我揚了揚手，「不如我們來一個 **協定**，好不好？」

「什麼協定？」我問。

那人説：「我們在這裏的研究工作，不想受到別人**打擾**，你和你的兩個朋友，最好別來干涉我們，做得到嗎？」

我立即説：「不行。」

那人搖了搖頭，「如果你們不答應，那我們只好對你們採取行動了，我們實在是不願意傷害人的。」

我禁不住冷笑道：「別**假惺惺**了，普娜和那個小吃店店主，不是全給你們用神秘的方法殺死了麼？」

「那情形不同，他們曾經發誓，替我們工作，**效忠**我們，而且定了契約，收了我們極高的報酬。可是，他們居然想背叛我們，泄露我們的秘密，自然觸發了違約的 **懲罰**。」那人解釋道。

「如果我們不答應，你要怎樣對付我們？」我問。

那人停了片刻，才説：「你知道你曾失去一天嗎？」

我不禁心頭一震，點了點頭。

他緩緩地道：「我們既然可以令你失去一天，當然也可以令你失去更多天，甚至失去一生。我們不會殺你，但會 **清除你的記憶**。」

我緊張得不由自主地發起抖來，他嘆了一口氣説：「我們以為你意識到自己失去了一天記憶之後，便會 **知難而退**，不敢再來。畢竟怕事、膽小、懼怕強者、輕易屈服，全都是你們人類的特點，不是麼？」

我呆呆地聽着，那人一口氣地數説着人的**弱點**，口吻好像他不是人類一樣，使我禁不住大聲問：「你是從哪裏來的？」（待續）

案件調查輔助檔案

投契

巴圖來夏威夷，本來只打算住一個星期，但遇到了我，彼此十分**投契**，不知不覺就逗留了將近三個月，與我無所不談。

意思：人與人之間意氣或見解相合，相處愉快。

端倪

我看不到任何**端倪**，便轉移調查的方向，從巴圖的社交媒體去尋找線索。

意思：指事情的頭緒、眉目。

忍氣吞聲

一想到這裏，我立時改變了主意，**忍氣吞聲**，放下手來，「好吧，那麼，我什麼時候可以取回護照，探長先生？」

意思：形容把怒氣強壓下來，不敢發作。

變本加厲

史萬的胖臉上，現出詫異的神色來，好像奇怪我怎麼能忍着不動手。他於是**變本加厲**說：「等我認為可以還給你的時候，自然會還給你。但在那之前，你必須每天到警局報到。」

意思：指情況變得比本來更加嚴重。

無計可施

胖傢伙暫時**無計可施**，只好站起來，連「再見」也不說，就轉身離去。

意思：指想不出對策。

當務之急

然而**當務之急**，是盡快找到巴圖的下落，所以我將那支鳥槍拋進大海，然後繼續沿着峭壁慢慢地前行。

意思：指當下最迫切需要做的事情。

大費周章

可是我怎麼也掙脫不了鎖在雙手雙足上的鐵鏈，心想這次必死無疑了，卻又有一點想不明白：他們要是想殺我的話，何必這樣**大費周章**？

意思：形容事情麻煩瑣碎，需要耗費許多心力和時間來處理。

喋喋不休

那胖婦人**喋喋不休**地講着，說我可能受到蝙蝠病毒的影響。我向她道了謝，一口氣喝了那瓶汽水後，便結帳離開，由公路走回小鎮去。

意思：形容人說話沒完沒了的樣子。

君子協定

保爾望着我，認真道：「可以，但先來個**君子協定**。」

意思：只以口頭承諾來訂立協定，不經書面共同簽字，但與書面條約具有同等的效力。

五體投地

聽到這裏，我不禁對保爾的精明頭腦佩服得**五體投地**。

意思：本為古印度最恭敬的致敬方式，指雙膝、雙肘及頭五處踏地，後用以比喻非常欽佩。

躊躇

我心中十分**躊躇**，此刻應該衝進去救他，還是繼續觀察下去，等那個神秘組織顯露出更多的秘密來呢？

意思：指人猶豫不決，難以下決定。

無傷大雅

史萬嘆了一口氣，攤開了手，「其實也沒有什麼，我只不過接收指示，做一些**無傷大雅**的事情，例如……取去酒店的一封信，監視你們的行動，放一個竊聽器，諸如此類。」

意思：指不會對事物的整體造成什麼壞處。

窩囊

他剛才還那樣口硬，可是忽然之間又變得如此**窩囊**，實在出人意料。

意思：指人無能、懦弱。

媲美

我看到那個胖婦人正背對着我，巴圖則坐着，用餐牌搧着風，張大了嘴，半伸着舌頭，裝出一副又熱又渴又累的樣子，演技**媲美**荷里活明星。

意思：指美好的程度彼此相當。

銷聲匿迹

意大利黑手黨的全盛時代已經過去了，幾個首領也**銷聲匿迹**。

意思：形容人隱藏形迹，不公開露面。

假惺惺

我禁不住冷笑道：「別**假惺惺**了，普娜和那個小吃店店主，不是全給你們用神秘的方法殺死了麼？」

意思：指虛情假意的樣子。

衛斯理系列 少年版 33

紅月亮 上

作　　　　者：衛斯理（倪匡）

文 字 整 理：耿啟文

繪　　　　畫：鄺志德

助理出版經理：林沛暘

責 任 編 輯：陳志倩

封面及美術設計：張思婷

出　　　　版：明窗出版社

發　　　　行：明報出版社有限公司

　　　　　　　香港柴灣嘉業街 18 號

　　　　　　　明報工業中心 A 座 15 樓

電　　　　話：2595 3215

傳　　　　真：2898 2646

網　　　　址：http://books.mingpao.com/

電 子 郵 箱：mpp@mingpao.com

版　　　　次：二〇二四年一月初版

I S B N：978-988-8829-01-9

承　　　　印：美雅印刷製本有限公司